ISBN 978-2-211-21523-7

© 2014, l'école des loisirs, Paris, pour la présente édition
dans la collection «Animax»
© 2012, l'école des loisirs, Paris
Loi 49956 du 16 juillet 1949 sur les publications
destinées à la jeunesse : septembre 2012
Dépôt légal : mars 2014
Mise en pages : *Architexte*, Bruxelles
Photogravure : *Media Process*, Bruxelles
Imprimé en France par *Clerc*, Saint-Amand-Montrond

Édition spéciale non commercialisée en librairie

Michel Van Zeveren

Les classes vertes

Pastel
l'école des loisirs

Lundi

Ce matin-là,
j'allais partir pour la première fois
en classe verte.
Seule, pour toute la semaine.
J'avais un peu peur.
Alors, j'ai demandé à Papa et Maman
s'ils pouvaient venir avec moi.
Ils ont rigolé. Puis j'ai dit:
«Et si vous vous transformiez en petites souris,
je pourrais vous mettre dans la valise?»
«Mais ce n'est pas possible, SiSi.»
«Mais si! Mais si! Mais si!»

Et PAF! PAF!
Tout à coup, devant moi,
j'avais deux petites souris!

Ni une, ni deux, je les ai mises dans mon sac.
J'ai pris ma valise et j'ai marché jusqu'à l'école.
Heureusement que ce n'est qu'à deux rues.
Là, le bus nous attendait.
Je me suis assise à côté de Chloé.
Max et les garçons étaient juste derrière nous.
Sur la rangée du fond, évidemment.

Quand le bus a démarré,
tout le monde a fait signe aux parents.
Même moi. C'était pour faire semblant.
Entourée de mes copines,
Papa et Maman dans mon sac,
c'était parti pour une semaine
d'aventures tout confort.

All inclusive, comme dirait Papa !

Mais, à peine sur l'autoroute,
Papa a sorti la tête.
«J'ai maaaal au ventre…»
Alors, en faisant semblant de chercher
quelque chose dans mon sac, j'ai chuchoté :
«C'est pas grave, on est bientôt arrivés.»
«J'ai envie de vomiiir…»
«Eh bien, que veux-tu que j'y fasse ?
Je ne vais tout de même pas demander
au chauffeur d'arrêter le bus
pour laisser vomir une souris !»
«Je suis malade si je ne vois pas la route…»
a dit Papa.

C'est à ce moment-là que Madame Anne
m'a vue avec la tête dans le sac.
«Tout va bien, SiSi ? Tu es malade ?»
«Euh… c'est que… je ne me sens pas bien
si je ne vois pas la route !»
«Eh bien, tu n'as qu'à te mettre devant»,
m'a répondu Madame Anne.

Évidemment, je n'avais plus le choix.

C'est comme ça que j'ai terminé le voyage,
seule, loin des copines !

Mais je n'étais pas tranquille pour autant.
Maman a pointé son museau :
«Je m'ennuiiie…»
«Chut ! 10 h 10 va nous entendre !»
«C'est qui 10 h 10 ?»
«C'est Monsieur Jean. Il est juste derrière nous.
On l'appelle 10 h 10 parce qu'il a toujours
les pieds écartés comme s'ils indiquaient
10 h 10 sur une montre.»
«Ha ! Ha ! Trop drôle !» a rigolé Maman.
«Tais-toi ! Il va t'entendre.»
«C'est encore loin ?» a-t-elle soupiré.
«Oui, je crois que ça va être très, très, très loin…»
«Ah oui, t'es sûre ?»
«Certaine.»

Là-dessus, j'ai entendu Papa ricaner bêtement.

Enfin, on est arrivés au château-ferme.
À peine descendue du bus,
j'ai eu droit à une maxattaque.
Une maxattaque, c'est quand Max m'attaque,
évidemment.

«Mais faut pas te laisser faire, ma fille…»
«C'est pas grave, Maman…
Il n'est pas méchant.
Parfois il est un peu bête,
comme tous les garçons.»

«Oui, ça c'est vrai…» a dit Maman
en se tournant vers Papa.

«Bienvenue !» a dit Madame Gisèle.
Madame Gisèle, c'est la châtelaine.
10 h 10 et Madame Anne nous ont installés
dans nos dortoirs.
Un pour les garçons, un pour les filles.
Chacun dans une aile du château.

Mon lit était à côté de celui de Chloé.
«Hi ! Hi ! Ça donne envie
de faire plein de bêtises,
quand les parents ne sont pas là, hein ?»
«Euh, non, non, pas du tout…» j'ai répondu.
Chloé m'a regardée un peu étonnée.

Heureusement, je n'ai pas eu à m'expliquer,
Madame Anne est venue nous chercher
pour nous faire la visite du château.

Tout le monde est sorti du dortoir.
Moi, je traînais un peu derrière.

«Tu sais, je ne suis pas là pour me mêler
de ce qui ne me regarde pas…
Fais comme si on n'était pas là…»
m'a dit Maman.
Évidemment, Papa n'a pas pu s'empêcher
de pouffer.
«Ben quoi, qu'est-ce que j'ai dit?»
Et là, Papa est reparti de plus belle,
s'esclaffant carrément.
Maman, je le sentais bien,
commençait à s'énerver…
«Bon, ça suffit comme ça, vous deux.
Arrêtez de vous chamailler!»

Et, pour couper court,
je les ai mis chacun dans une poche!

À la fin de la visite,
Madame Gisèle a expliqué :
«Ceci est le donjon.
Le seigneur y logeait avec sa famille.
C'est ici qu'on enfermait également
les trésors et les armes.»

«J'ai faiiim!»
«Chut, Papa!»

Puis, Madame Gisèle s'est arrêtée
devant une porte.
«Maintenant, a-t-elle dit, un peu de silence,
je vais vous présenter au seigneur du château.»

«J'ai faiiim!»
«Mais chut, Papa!»

Elle a ouvert la porte
et un chat est venu se frotter contre ses jambes.
Madame Gisèle a ri :
«Hi! Hi! C'est Ugly. Je crois qu'il a faim.
Mais vous aussi, vous devez avoir faim?»
Tout le monde a dit: «Ouiiiii!»
Sauf Papa.

Après le repas,
on a eu droit à quelques histoires
et puis hop! on est tous allés au lit.

Papa s'est tout de suite mis à ronfler.
«Papa, tu ronfles!»
«Hein, quoi? Qu'est-ce qu'il y a?»
«Tu ronfles», a dit Maman.
«Je ronfle?» a répété Papa, à moitié endormi.
«Voilà t'as tout compris…
Tu ronfles…» a répété Maman patiemment.
«Ah oui, je ronfle…» a répondu Papa,
avant de se retourner et de ronfler à nouveau.

Mardi

Le lendemain, Papa était encore fatigué.
«Aujourd'hui, je reste au lit.»
«Manger et dormir! Voilà ton père, SiSi!»
Papa lui a lancé un regard noir.
«Bon, j'ai compris! a dit SiSi.
Papa, tu restes ici. Maman, dans ma poche.»

Après le petit déjeuner,
nous sommes allés au potager.
Je faisais équipe avec Chloé, Margot et Ève.
C'était chouette, si ce n'est que Maman
n'arrêtait pas de poser des questions.
«T'aurais pas pu mettre une pince
dans tes cheveux?
Mais pourquoi t'as pas mis tes bottes?
Tu n'as pas froid comme ça?
Dis, tu m'entends? Tu ne réponds pas?»

Je n'en pouvais plus.
Alors, je me suis éloignée et j'ai dit:
«Tu tiens à te faire repérer?»

Mais c'était déjà trop tard,
Max était là, prêt à me faire une maxattaque.
«Qu'est-ce que tu caches dans ta poche?»
«Rien… rien du tout!»
Il ne m'a pas crue.
Il a plongé sa main dans ma poche
et en a ressorti… Maman!
J'ai soufflé tout bas:
«Chut! Ne dis rien à personne!
C'est un secret. C'est ma souris.
Rends-la-moi!»
«Mmm… si je te la rends,
que me donnes-tu en échange?»
«Comment? C'est ma souris!»
«Oui d'accord mais…
pour que je garde le secret?»

Aïe! Là, je ne savais pas quoi dire…

Alors j'ai inventé n'importe quoi !
C'était quitte ou double.
«Euh… un autre secret !»
«D'accord, je t'écoute.»
«Euh… c'est tellement secret
qu'il faut être sûr que personne
ne nous entende.»
Et j'ai vite rajouté :
«C'est une question de vie ou de mort.»

J'ai bien vu que Max
était un peu impressionné.
Alors j'ai enfoncé le clou :
«Je peux seulement te le dire ce soir.
Quand tout le monde dormira.
Dans la tour.
Viens, si tu l'oses !»

Là, j'ai plissé les yeux pour l'effrayer.
J'espérais qu'il me rende Maman
pour ne pas y aller…
Mais non ! L'imbécile m'a dit :
«Okay !»

J'étais prise à mon propre piège.
Le soir venu, je ne savais toujours pas
quel secret j'allais inventer.

Alors, j'ai dit à Papa :
« Reste ici, je vais chercher Maman.
Surtout ne bouge pas ! »

Je suis sortie dans le couloir.
Le plancher grinçait.
À chaque pas, je me disais :
« Pourvu que personne ne m'entende,
pourvu que personne ne m'entende… »

Mais, pas de chance,
j'ai vu une ombre bouger !
Vite ! Je me suis cachée derrière une alcôve.
Puis je l'ai vu. Il se promenait tranquillement.
C'était Ugly. Ouf !

Enfin, je suis arrivée dans la tour.
J'ai entendu la voix de Max :
«Elle s'appelle comment ta souris ?»
«Euh… Chantal.»
«Drôle de nom pour une souris.»
«C'est pas moi qui ai choisi…
C'est mes grands-parents !»
Max cherchait à comprendre.

J'ai demandé :
«Bon, maintenant, rends-la-moi !»
«D'abord le secret !»
«Non, d'abord ma souris !»
Max hésitait.
Il a sorti doucement Maman de sa poche
et il me l'a tendue :
«N'oublie pas de me donner ton secret,
maintenant.»

«Tiens, le voilà mon secret !»
Et je lui ai fait un bisou sur la joue,
avant de partir en courant,
avec Maman dans le fond de ma poche.

«Bien joué, ma SiSi ! Quelle rapidité !
Il n'a rien vu venir.
SiSi ? SiSi, tu m'écoutes ? »
Mais je n'écoutais pas.
J'étais figée.
Au bout du couloir, Ugly sortait du dortoir.
J'avais oublié
de fermer la porte !

Mercredi

Au petit matin, quelqu'un a crié:
«Hiiiiiii!»
Je me suis levée pour aller voir dans le couloir.
Caro expliquait à 10h10 ce qui venait d'arriver:
«Il y avait une souris sur les toilettes!
Elle faisait pipi! J'en suis sûre, j'ai pas rêvé.
Je l'ai vue. Elle avait de grosses moustaches.»

Ha! Ha! J'ai tout de suite compris
qu'elle parlait de Papa.
Je suis vite retournée rassurer Maman.
«Papa n'a pas été croqué!»
«T'es sûre?»
«Oui! On l'a vu dans les toilettes des filles.»
«C'est génial!»

À midi, quelqu'un d'autre a crié :
« Hiiiiiii ! »
Je me suis retournée.
C'était Sébastien.
« Une souris m'a piqué une frite.
Je vous jure ! Je ne mens pas !
Je l'ai vue.
Elle avait de grosses moustaches. »

C'était signé Papa !
Ouf ! J'étais rassurée.
Au moins, je savais qu'il allait bien.

Ce que je ne savais pas,
c'est que ça n'allait pas durer…

«Fermez toutes les issues! a dit 10 h 10.
Et pas de panique!
Même si elle a de grosses moustaches,
ce n'est qu'une souris!
Il n'y a pas de raison d'avoir peur.
J'ai la situation sous contrôle.»

Content de son intervention,
il est descendu de la table.
C'est là que je l'ai entendu
dire à Madame Gisèle:
«Surtout ne donnons rien au chat.
Il faut l'affamer.
Nous le lâcherons ce soir
pour une chasse à la souris!»

On est tous sortis. J'ai croisé Max.
J'étais étonnée
qu'il ne m'ait pas encore
fait de maxattaque aujourd'hui.
Tant mieux, j'avais enfin la paix !

Quand même, c'était bizarre…
Tout ça à cause d'un petit bisou ?

Mais la question n'était pas là.
J'avais d'autres chats à fouetter
et un papa à sauver.

J'ai attendu la nuit.
Je me suis glissée hors de mon lit,
j'ai entrebâillé la porte et, horreur…
j'ai vu 10 h 10 avec Ugly sous le bras !
Il était déjà en route pour la cuisine.

J'ai ouvert la fenêtre
et Maman s'est précipitée dehors.
Ils étaient tellement contents de se retrouver
qu'ils sautaient de branche en branche.
J'ai dit :
«Bon, ça suffit maintenant !
Rentrez, il fait froid !»
Mais ils n'entendaient rien
ou ne voulaient rien entendre.
Comme d'habitude.
«Rentrez !»

À côté, Chloé semblait se réveiller.
Je ne pouvais plus faire de bruit.
Et cette fenêtre ne pouvait plus
rester ouverte très longtemps.

«Bon, tant pis ! Je vais les chercher.»

Tout à coup,
j'ai entendu le grincement de la porte.
Je me suis vite cachée.
C'était 10 h 10 !
J'ai senti son regard scruter l'arbre.
Ça a duré une éternité.
Puis il a dit :
«Oh !»
J'ai cru qu'il m'avait vue.
Mais non, c'était Papa et Maman.
Il a soupiré :
«De toute façon, elles sont dehors.»
Il a refermé la fenêtre et a éteint la lumière.

Moi, j'étais coincée.
Sur la branche de l'arbre.
J'avais froid, il faisait noir.
Comment j'avais pu me retrouver
dans une situation pareille ?

Redescendre de l'arbre, c'était rien.
Mais rentrer dans le château ?

« T'inquiète pas, m'a dit Papa.
C'est moi qui vais t'ouvrir la porte. »
« Ah oui ? Et par où ? »
« Simple ! Par où je suis sorti !
Ce ne sont pas les trous de souris
qui manquent dans un vieux château. »

Ni une, ni deux,
Papa et Maman se sont retrouvés à l'intérieur.
Papa essayait d'ouvrir la fenêtre
pendant que Maman surveillait l'arrivée d'Ugly.
La poignée s'est débloquée juste à temps.
J'ai saisi Ugly et je l'ai jeté dehors !
Ensuite, j'ai regagné le dortoir
avec Papa et Maman dans la même poche.
Tout était bien.

Enfin, je pouvais dormir, dormir, dormir.

Jeudi

Mais au petit matin, Chloé m'a réveillée.
Elle tenait Papa et Maman dans ses mains.
«Alors SiSi, tu me fais des cachotteries…»
J'étais pétrifiée.
Je n'avais plus le choix,
je devais dire la vérité.
«Écoute, c'est un secret…
La souris à moustaches, c'est mon papa.
Et la petite souris blanche, c'est ma maman.»

«Ha! Ha! Ha! Trop drôle, SiSi.»
«Chuuut! Tu vas réveiller tout le monde.
N'oublie pas que c'est un secret.»
«Hi! Hi! D'accord, promis!»

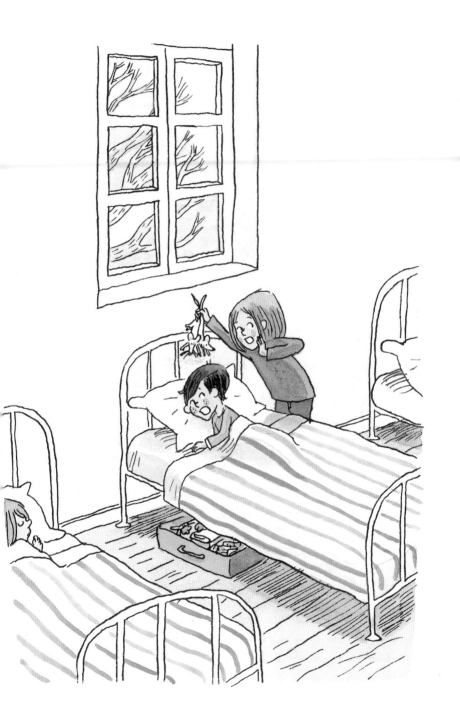

J'avais dit la vérité à Chloé,
mais elle ne me croyait pas.
C'était normal.
Tant que Papa et Maman
n'ouvriraient pas la bouche,
elle n'y verrait que d'adorables petites souris.

Seulement,
Chloé ne sait pas garder un secret.
Je m'en suis vite rendu compte
quand Caro m'a demandé :
« Hé ! Je peux voir tes souris ? »
Puis, ça a été le tour d'Ève :
« Tu me les prêtes ? »
Puis de Violette :
« On ne pourrait pas les habiller ? »

Bref,
toutes les copines étaient au courant.
Toutes, sans exception.

Le dernier soir, ce n'étaient pas les masques
ni les déguisements d'Halloween
qui me rendaient nerveuse.
C'était l'allure à laquelle mon secret
s'était répandu.
Je me suis dit qu'il ne faudrait pas longtemps
avant qu'il arrive aux oreilles de Madame Anne,
ou même pire… de 10 h 10 !
Tout en pensant à ça,
je vérifiai que Papa et Maman
étaient toujours dans mes poches.

Erreur fatale !
Parce qu'à ce moment-là,
j'ai entendu une grosse voix derrière moi.

«Montrez-moi ce que vous cachez
dans vos poches !»

Pas de doute, 10 h 10
avait découvert mon secret.
Adieu Papa ! Adieu Maman !

Mais non, c'était Max !
Juste Max. Encore Max !
J'ai eu tellement peur que je suis sortie !
Je pestais toute seule.

«Mais pourquoi n'arrête-t-il pas de m'embêter ?»
«Euh, c'est parce qu'il t'aime bien…»
m'a répondu Maman.
Dans ma colère,
j'avais complètement oublié
qu'elle écoutait tout ce que je disais.
«Ah oui ? Tu crois ?»
«J'en suis sûre.»
«Mais comment tu peux en être sûre ?
Tu l'as vu d'un petit trou de souris peut-être ?»
«Oh… tu sais, ma SiSi,
pas besoin d'être une petite souris
pour le savoir.»

«Ouais bon… de toute façon, je m'en fiche !»

Je suis retournée à la fête.
J'ai sorti Papa et Maman de mes poches,
et j'ai dit à Chloé :
«Tiens ! Je te confie mon secret.
Prends-en bien soin, cette fois.
Et puis, prête-moi ton masque !»

Je suis ressortie.

Max était là.
Sans doute me cherchait-il.
J'ai contourné l'arbre sans qu'il me voie,
et j'ai poussé un énorme cri
derrière mon masque :

«Wouaaaaaaah !»

Sa tête. Trop drôle !
J'ai cru qu'il allait tomber dans les pommes.
Quand j'ai retiré mon masque,
il a boudé.
Mais ça n'a pas duré.
Il m'a souri. On s'est parlé.
On a rigolé aussi.
C'était chouette.
Juste lui et moi,
sans petites oreilles indiscrètes !

Vendredi

Ah oui, j'allais oublier
de vous raconter le vendredi.
J'ai passé le voyage du retour
assise au fond du car, à côté de mes copines.

Quand je suis rentrée à la maison,
sitôt passée le pas de la porte…
PAF ! PAF !
Mes parents sont redevenus normaux.

Et devinez ce qu'ils ont dit en premier !
«On est prêts à repartir.
Vivement l'année prochaine !»

Ha ! Ils peuvent toujours rêver !